Hallo Leute, bitte vergebe mir Rechtschreib- und Grammatik- Fehlern in meine Texte. Ich bin in meine Kindheit Englischsprachig aufgewachsen, deutsche Rechtschreibung und Grammatik war nie meine Stärke. Ich habe auch vor 2021/2022 noch nie Büchern geschrieben. Danke und viel Spaß beim Lesen. Ihr, B. E. Wasner.

ALLES NUR THEATER!!

3 THEATER STÜCKE ÜBER HEITERKEIT & DRAMA !

IN 3 AKTE UND IN VERSCHIEDENE ZEITABSTÄNDE!

B. E. Wasner

ROLLENSPIELE

Impressum

Bibliografische Information der Deutschen Nationalbibliothek:
Die Deutsche Nationalbibliothek verzeichnet diese Publikation in der Deutschen Nationalbibliografie; detaillierte bibliografische Daten sind im Internet über http://dnb.dnb.de abrufbar.

Herstellung und Verlag: BoD – Books on Demand, Norderstedt

ISBN: 978-3-7557-7278-1

Vielen Dank,

An meine wundervollen Buchhändlerinnen!

Mit deren Hilfe ich über die Jahren viele tolle bekommen könnte! Und die es waren, die mir gesagt haben, wohin ich mit meiner eigene Geschichten gehen kann.

INHALTSVERZEICHNIS:

AKT (I) SO EBBES! /

ODER: NA SO WAS?

R & K: Entschuldigung, ist hier noch ein Platz frei?

W: Ja, setzen sie sich ruhig! Kennen wir uns nicht?

R: Nein, ich glaube nicht. Wir Wohnen im Maison del Rent, aber freitags gehen wir beide hier immer Kaffee trinken.

W: Ich bin in eine Taggeseinrichtung.

R: Ach, da gibt es doch einen Zivi, oder?

W: Ja.

R: Wir haben auch einen, aber unseren Zivi ist Fürchterlich!

K: Oh Gott, Oh Gott, so Fürchterlich!

W: Warum Fürchterlich?

R: Der ist sowas von Unpünktlich! Jeden Morgen kommt er zu spät!

W: Ach, unsere Zivi kommt immer pünktlich, aber dann Schläft er in der Tageseinrichtung ein!

K: So Ebbes!

R: Dann ist unseren immer irgendwo unterwegs, der ist nie da wenn man ihn braucht.

W: Unsere Zivi ist immer da, nur er ist laufend am Spielen, Karten oder sonst noch was.

K: So Ebbes!

R: Unsere Zivi kaut immer Kaugummi, so.......

W: Unsere Zivi leckt immer Wassereis, so........

K: Igitt! Igitt!

R: Unordentlich ist unseren Zivi auch, sowas von Unordentlich!

K: Oh Gott, Oh Gott!

W: Das kann man von unseren Zivi nicht sagen, der ist sehr Ortendlich, nur seine alten

Turnschuhe fliegen immer irgendwo rum.

K: So Ebbes!

R: Immer hat er eine Kappe auf, sogar beim Essen, immer!

W: Unsere hatte sooo..... lange Zöpfe, und jetzt, Kahlschlag!

K: So Ebbes!

R: Alles muss man Ihn zweimal sagen!

W: Das braucht man bei unseren nicht, den muss man alles zweimal aufschreiben!

K: So Ebbes!

R: Und vergesslich, alles vergisst er!

W: Unsere Zivi vergisst nie was, na ja; nur mich manchmal an der Sparkasse, da warte ich dann Stundenlang.... Tagelang.... Wochenlang.....!

<u>**P A U S E**</u>

W: Ich werde unseren Zivi nie vergessen!!!

R&K: So einen Zivi hätten wir auch gerne gehabt!

ENDE

Akt II. Weihnachtsfeieraufführung 199.....

DER TOD DER MONARCHIE- TEIL I

DAS ENDE EINER UNGLÜCKLICHEN LIEBE!

Prinzessen mit Zofe:

Prinzessin: Mach mich schön, mein geliebter (Prinz Ali) kommt gleich. Wie lange kann ich es noch vor die Königin geheim halten?

Zofe: Nicht mehr lange sagt Sie; und zieht an den Haaren der Prinzessin. AUWAH!!

Prinz Ali tritt ein: Meine geliebte Prinzessin, noch heute werde ich um dein Hand anhalten bei deiner Mutter, die Königin!

Prinzessin: Darauf habe ich schon lange gewartet, mein Prinz.

Königin & Prinz K. treten ein:

Königin: Das wird dein zukünftiger Gemahl.

Prinz K.: Nächste Woche ist Hochzeit!

Prinzessin: Nein, ihn will ich nicht! Ich liebe einen anderen!

Prinz Ali.: Ich will Sie haben, und wenn ich dafür sterben muss.

Prinz K.: Dann sollen die Waffen entscheiden. Ich fordere euch zum Duell.

Königin: Lässt den Sekundant kommen.

Sekundant kommt auf die Bühne: Wählt die Waffen!

(Er stellt sie Rücken an Rücken und zählt bis 5). Sie zielen aufeinander.

Prinz K. erschießt Prinz Ali, und Prinz Ali erschießt mit seinem letzten Atemzug die Königin.

Die Prinzessin schreit: Du hast meine Geliebten getötet! Und greift nach ihrer Pistole. Sie erschießt Prinz K.

Die Zofe wartet und entwendet die Pistole der Prinzessin und sagt, "Das ist dafür, dass ich dir so lange bedienen müsste!" Sie brennt mit dem Sekundanten durch!

ENDE

Akt III. THEATERSTÜCK II

TOD DER MONARCHIE TEIL II

DAS ENDE NOCH EINE UNGLÜCKLICHER LIEBE!

DARSTELLER:

KÖNIG WOLFRAM:

KÖNIGIN MARIE-KRISTIN:

PRINZESSIN AYLYA:

ZOFE BEATRICÉ:

PRINZ EISENHERZ:

RITTER KUNIBERT:

KNAPPE ROBIN:

"Siehet da meine Königin, mein König, es nähe-
ren sich drei Reitern unseren Schloss!

Wisst ihr wer die Reiter sind, mein König?" "Yeh, es ist Prinz Eisenherz & Ritter Kunibert mit seinen Knappen Robin. Die Festlichkeiten können beginnen!"

Prinz Eisenherz zu Ritter Kunibert, “Ich bin gespannt auf die Prinzessin, wir sind schon von Kindesbeinen

an, einander Versprochen!" In Wirklichkeit denkt er 'Oh mein Gott, wäre es nur schon alles Vorbei.' "Ist Euer Braut schön?" Fragt Ritter Kunibert, den im Gedanken versunkenen Prinzen. "Ihr wisst dass seid nicht einfach zu sagen. Beurteile es selbst!"

In der Zwischenzeit: Prinzessin Aylya sitzt traurig in ihrer Kammer, und weiß nicht recht was Sie tun soll. Sie erschrickt, als die große Holztür aufgetan wird, und ist erleichtert, dass es nur Ihre Zofe ist. Diese bemerkt sofort, dass etwas nicht stimmt! "Was betrübt sie so mein Kind? " Fragt sie angetan."ES IST NUR MEIN HERZ; DAS SO SCHMERZT!" Gibt die Prinzessin in abwesend zu. "Ich kann sehr gut verstehen, wie es Ihnen ergeht. Aber ihr müsst einsehen, dass Ihr nichts gegen die Heirat mit Prinz Eisenherz unternehmen könnt.' 'Ich weiß Beatrice, aber warum können meine Eltern nicht einsehen, dass ich diesen Prinzen nicht liebe! Er liebt mich ebenso wenig!"Klagt die Prinzessin der Zofe, mit der sie über alles reden kann. "Ihr müsst aber ebenso bedenken, dass dieser Heirat sehr wichtig für den Frieden in den benachbarten Königreichen ist. Ihr seid dem Prinzen versprochen und wenn es zu einem Bruch des Versprechens kommen sollte, wird nicht von einem Krieg abzusehen sein!" Versuchte die Zofe zu erklären. "Ich liebe nun mal Robin." Gab die Prinzessin frustriert von sich."Und dagegen kann niemand etwas tun! Er ist aber nur ein einfacher Knappe. Er ist im Auge des Gesetzes Euer nicht würdig!" Die Zofe kocht innerlich, weil sie ebenfalls in den hübschen Knappen verliebt ist und es Prinzessin Aylya auf kleinster Weiße gönnt, mit Ihren Geliebten glücklich zu werden. Deshalb beschließt sie es einige Tage später den Königlichen Eltern zu berichten, dass ihre brave Tochter ein Techtelmechtel mit dem Knappen Robin hat. "Ihr lügt!" Das Königspaar ist äußerlich vor Zorn. "Der Prinz und die Prinzessin sind einander Versprochen. Von Geburt an." Der König lasst den Ritter Kunibert zu sich bitten. Kurzerhand besticht der König den Ritter Kunibert seinen Knappen aus dem Weg zu schaffen. "Sieht her, es würde mir zugetragen, dass die Prinzessin und Euren Knappen ein Verhältnis miteinander hat!" "Ah, ha!" Betont der Ritter. "Ihr habt mir die Augen geöffnet mein König, wie kann ich euch nur danken?" "Tötet euren Knappen! Als Belohnung bekommt Ihr ein Stück Land." Dieser lässt sich darauf ein, weil er dafür ein Stück Land erhält auf das er schon lange aus ist! Noch in derselben Nacht geht er zu seinen Knappen. "Ich muss euch Töten Robin." "Warum Herr?" Fragt Robin. "Ihr habt eine große Schuld begangen, Ihr habt mit der Prinzessin ein Verhältnis, gestehen!" "Ihr habt recht Herr!" "Dann müsst Ihr Sterben!

Befehl von König Wolfram." Noch in derselben Nacht tötete er den Knappen, und zwei Tage später wird die Prinzessin mit dem unsympathischen Prinzen getraut. Doch während der Zeremonie stürmt die Zofe zum Altar und erdolcht dem Bräutigam, um den Tod des Knappen zu rächen. Alles endet in Chaos. "Warum diesen Bluttat?" Fragen sich alle, ratlos. "Warum der Bräutigam? Er hat gar nichts damit zu tun?" Fragt der König.

Die Zofe hat den Dolch bei Seite gelegt. Es sieht niemanden dass die Prinzessin den Dolch an sich nimmt. Sie verlässt verstört die Kapelle und verschwindet auf ihr Gemach. Dort sticht sie sich einige Minuten später selbst den Dolch ins Herzen. Weil sie den Gedanken nicht erträgt, schuld am Tod von zweier Menschen zu sein.

ENDE